U0659204

走近戴望舒

要是 你曾 相待

戴望舒 译

广陵书社

图书在版编目（CIP）数据

要是你曾相待 / 戴望舒译. -- 扬州 : 广陵书社，2025. 1. --（走近戴望舒 / 陈武主编）. -- ISBN 978-7-5554-2421-5

Ⅰ. I12

中国国家版本馆CIP数据核字第2024VB4478号

丛 书 名　走近戴望舒

主　　编　陈　武

书　　名　要是你曾相待
译　　者　戴望舒
责任编辑　李　佩　　　　　　装帧设计　鸿儒文轩·书心瞬意
出 版 人　刘　栋

出版发行　广陵书社
　　　　　扬州市四望亭路 2-4 号　　　　邮编：225001
　　　　　http://www.yzglpub.com　　　　E - mail:yzglss@163.com
印　　刷　三河市华东印刷有限公司

开　　本　787mm×1092mm　　　1/32
字　　数　113 千字
印　　张　6.75
版　　次　2025 年 1 月第 1 版
印　　次　2025 年 1 月第 1 次印刷
书　　号　ISBN 978-7-5554-2421-5
定　　价　58.00 元

目录

道生诗集

西茉纳集

洛尔迦诗抄

道生诗集

[英]道生

自题卷首

Vitae summa brevis spem nos vetat

incohare Longam[①]

同是一般的不能长久，
那悲欢，怨恨，与爱情；
我们一在那门前过了，
它们便不再来临。

同是一般的不能长久，
那烈酒与蔷薇的往日；
我们的途程在梦中刚现，
不久就又在梦中消灭。

---

① 拉丁文，大意为：生命的短促阻断了我们悠长的希望。

冠 冕

以他的诗歌和她的往日致献于他的情人和爱神

葡萄叶与紫罗兰，

我们收集起，

编成了易朽的花环，

将花环供奉那爱之神，

一时也吐着柔情菲靡，

终朝至暮霭时间，

去做他神圣的王冠。

我们收集起，

葡萄叶与紫罗兰。

葡萄叶与紫罗兰，

我们收集起，

为了那生存一日的爱之神。

白日爱神还未死，

灰冷的黄昏还未来临，

我们的花朵芳芬

还做着他头顶的王冠。

我们收集起，

葡萄叶与紫罗兰。

葡萄叶与紫罗兰，

我们收集起，

为了那已死的爱之神。

我们将这生存一日的花环，

放上他灰蒙阴冷

又被迫鲁守宾吻闭的双睛，

那时红日已向西方消逝；

我们收集起，

葡萄叶与紫罗兰。

Villanelle[1] 咏落日

孩子啊，这里来休息：
这是一日的终期，
你看那西天沉寂！

昏睡是一般的甜蜜
对于人们的工作与戏嬉：
孩子啊，这里来休息。

白鸟啊，快把你窠儿寻觅，
快放下垂着的头儿：
你看那西天沉寂！

好花枝也都安歇：

---

[1] Villanelle，一种法国诗体。

你可和它一样斜欹。
孩子啊，这里来休息。

此刻深宵已来袭，
征途渐向故乡归：
你看那西天沉寂！

倦花枝，倚上我胸臆，
我不会和你相离：
孩子啊，这里来休息；
你看那西天沉寂！

我的情人四月

珠露侵上她发丝和衣服，——
她眼里的双双珠露；
我看她微步过蘼芜，
还颤音地唱着支幽奇的小曲。
啊，她是怎地轻盈约绰！
只看她花样的肌肤
如明镜地映出爱与希图，——
啊，但在那睫毛边却有泪丝飘落。

她可是故作轻狂而哭泣？
或是她已知自己的青春，
欢乐已旦旦销归沉灭，
而那时间的重压也快来临？
啊，将来是一片荒芜，
为了那枯叶与空虚，秋光与冬日。

　　　　要是你曾相待

致 Domnulam Suam①

我心里的小姑娘！
请你再爱我一些时：
等不到这爱情强烈，
我们却要分离。

我往日是怎般爱你，
如今当和你相离：
但我不说忧伤的故事，
我不愿使你悲凄。

我心里的小姑娘！
再让我爱你一些时：
等不到这爱情强烈，

---

① Domnulam Suam，拉丁文，人名。

我们却要分离。

你快要离开这仙境，
渐暗了你卷发如丝：
我们再不能花间携手；
抚爱温存，也不再栖迟。

我心里的小姑娘！
请再和我相爱一些时：
等不到这爱情强烈，
我们却要分离。

闲适的爱

心爱的，我要贻君以沉默：
你可永未曾知得。
将它放在你淡漠的身边，
啊，这算是我全生的礼物。

我没有歌词可唱，
能使你留意关心；
我没有睡莲可向你途前抛掷，
当你正缓步轻盈。

我今把繁花丢了：
那花朵儿不与卿相适；
往时我也曾集起花环，
用那木芙蓉与芸香叶。

我看你在身边穿度，
是这般冷冷无情；
我吻着你曾步过的微花纤草：
啊，我生涯已快就沉沦。

心爱的，这一次你须收受，
这最后的礼物，我向君抛掷；
我将以此致献于你淡漠的身边：
这就是我为卿而沉默。

　　　要是你曾相待

生　长

看取她稚年光耀的迁移：
我含愁地看那相识的孩儿——
在百合似的芳年我曾颠倒——
今已长成了少女，幽秘而神奇；
那惹爱又清娇的眸子，
已不似旧日的风标！

待我迷惘的心中知了她儿时旧有的光华，
今只改了同样希珍的少女的新妆，
我便又慌忙去膜拜
她刚醒来的少女的生涯；
在她深眼里，我找到旧日的芬芳——
却比往时还仁爱。

月的花

我不愿改变你冷冷的双睛，
也不愿将你言语的温和侵扰，
扰你以惊骇与痴情。
你的心灵我终不能达到：
我不愿改变你冷冷的双睛。

我不愿改变你冷冷的双睛，
也不愿使你悲啼或欢笑：
虽然我生涯是憔悴又消沉，
终日在渴望睡眠，和你影儿娇好，
我不愿改变你冷冷的双睛。

我不愿改变你冷冷的双睛；
终不愿使你转移，就我能做得，
为了你我才祈祷虔诚，

梦幻的姑娘啊，夜间的明月！
我不愿改变你冷冷的双睛。

我不愿改变你冷冷的双睛，
以人类心灵的烦乱：
我心灵被你目光罩住深深，——
那冰样的心灵，孤零又辽远；
我不愿改变你冷冷的双睛。

空 虚

离了悲啼，
又不再手儿相触，
在那白云幽隐地，
她可在安然睡熟?
啊，她是能知觉!

经几许风霜残扫，
又几多悠久的光阴，
自她与死神去了，
丢我在更疲乏的途程:
今儿才有这迟缓的光荣!

那胜利与王冠，
在今日，有什么价值?
只一句幽语未传，

到今日却何从说？——
且将荣誉的棕枝丢掷！

只愿得一次与她相见；
倦手将桂枝抛却：
在那易忘了的乡间
她墓柏也比桂枝甜蜜：
啊，她或能知觉！

但她可能将手臂伸张，
穿过那困疲的河侧
到稍远的殊方，
一会儿离开窀穸？
啊，她可能知觉？

流 离

在那伤心的南浦，
往日我们曾携手徘徊，
今只一些旧时幽影，
还深深地萦绕胸怀。

音乐我今都厌倦，
蔷薇于我也不够清凄：
只这分离水畔的微吟，
却胜于音乐与蔷薇。

在那伤心的南浦，
我听见幽影之乡，
发出我爱者崇高的叹息；
心里模糊了你清绝的容光。

　　　　要是你曾相待

要是你玉躯早殒，
怎海外没一丝消息传来？
要是你尚在尘寰，这伤心的南浦
会将我俩的灵魂永永分开。

我俩伤心堕泪无人晓；
回忆灰濛了往日的欢欣；
此时这悲惨的分离水，
将我们带进，最后的夜沉沉。

要是你曾相待

啊，在这凄凉的客寓里，
常想起的是常相隔的人儿。

——保尔·魏尔伦

要是你曾相待，你便能了解我心儿；
我许会如他般爱你，
亲爱的，要是我们曾忍耐，
命运又不曾教我俩不相称意。

沉默吧，又何必空言语：
说时反觉不言直。——
往时虽言语总纷争，
我怎还怨恨，你今已长辞。

让黄泉一般的掩了

旧时使我俩参商的嫌恨：

我总常是这般爱你，

又时时捧着你深心。

我也曾遇见其他的女子，

她们这般娇媚正如你怎地无情；

你可想我往时曾爱你温存，

今儿却倾心降服向他人？

要是我们曾忍耐，要是你曾相待，

我原比他更尽心的为你

与"死亡"战斗；但在开始时，

命运就教我俩不相称意。

我想来就你，但生时无分的爱情，

死亡已将它掩入灰幽；

你今深卧在玫瑰花丛，

我只把心儿敷上你坟头。

我不须惊你，让它只如此阴沉，

这样"死亡"与"黑暗"却将你送向我身前；
往时虽爱着又冷冷无情，
今日我们怎再相嫌厌！

　　　　　　要是你曾相待

幸福的孤独

是何处潜沉之境，
那里有繁星光照幽幽，
照那林檎花影，
和露湿枝头，
是我和卿所有？

那潜沉的山谷，
我们要去找寻；
去那儿避脱
尘世的纷纭，
长伴那幽清之境！

人事已久离心膈，
我们且自安宁，
且自家休息：

已消失的欢欣
也快来临。

我们同把尘寰弃，
也不把名誉与劬劳
放在深心里；
只看那繁星闪耀，
只在仁慈地相照。

不管那人生劳悴，
与悲啼欢笑；
在这深林清翠，
幻影中仙梦逍遥，
我们都深深睡倒。

愿有那潜沉之境，
那里有繁星光照幽幽，
照那林檎花粉，
和露湿枝头，
是我和君所有！

幽暗之花园

爱情再不管那风啸好花间，
你花园终已成荒：
没个人儿能寻一瓣
去年玫瑰的褪色残香。

光泽的发丝啊，熟果似的口儿！
灾难怎能收获得这般迅捷？
音乐似的爱情将一枝断笛呜呜，
在墓头深草丛怨咽。

一任那风啸好花间
一任你花园与春色同更，
爱情是盲目又不计时光，
也不须下种，不收成。

友人生子作

记取飞德们微笑的那天，
尤奇尼与安琪丽已得了个孩子。
假如她风姿正像她双亲，
那便是和善的约夫所赐。
缪司们早专心于她治下之人，
请赐她安琪丽的德性与仙姿；
不要将你的恩宠只此些微，
可须加上尤奇尼的才智。

辞　别

要是我俩必须分别，
我们就照此而行；
不要只心儿相压，
也不要徒然哀哀地亲吻；
且握着我手低头说：
"且待明朝或他日，
要是我俩必须分别。"

空语是无用又轻微，
而我们相爱又怎地坚强；
啊，且听那幽默在陈词：
"人生只片刻，爱情却很悠长；
一时播种又一时收获，
收获后便可昏沉地安宿，
但言语却无用又轻微。"

道生诗集

请你暂敛笑容，稍感悲哀

亲爱的，请暂时把欢容收敛，
此处只可怜残月，流照潜沉；
你秋波转盼知难久，
却叫我愁人，怎地欢欣！

亲爱的，请无言鉴此柔情，
只将你幽幽云发，披上我全身。
往日的愁怨，平凡的旧事，
又同来侵我忧心。

今朝一刻争能久，
可就要朱颜灰褐，消失了芳春？
可就难再寻觅
这缠绵抑郁的柔情？

亲爱的，待到中年憔悴，忘了心头恨，
让旧事模糊，怕它哀怨频侵；
且抛了青春神圣，
让它迟暮来临。

你樱口榴红片片，
可让我餐此芳醇？
我愿在你园中长逝，
让南风浓郁，解我微愠。

我已把"消亡"收集，在你唇边，
再向君一顾，怕便要长宁。
我虽是一生多恨，
向你胸前死，却是无上的温馨。

亲爱的，要是死亡不就来临，
请凝想着我们在此闲凭：
还在吻时谛听
南风的细语低吟。

在微语着的柔枝下，有你芳园，

在这里不知时间转变，世事纷纭，

也不知死亡和痛苦，

和那无诚的盟誓，会使人忧虑又离分。

诗　铭

我是坚信又曾求请——

以我沉哀竟致销蚀的虔诚——

那我在梦里做成的幻影,

造自她幽丰的秀发与蝤蛴领:

嫉妒的神人不愿我有其他的参谒,

将我生灵的雕像与她的心儿化成顽石。

超　越

爱的重萌草！今朝正是愁时节，
这最可怜的果子，
我当向四方收拾：
那爱的重萌草。
啊，空忆那芳甜的往事，
空惜光阴去；这是我们的收获！
蜜吻只使我心头增加幽意；
我们只朱唇冷冷双睛寂，
空望那爱的微光，我们只能相弃；
我们悲凉地收集起，正若往时耘植——
那爱的重萌草。

　　　要是你曾相待

Villanelle 咏诗人之路

这醇酒，妇人，与歌唱，
点缀着我们的生命；
但光阴去太悠长。

不让少年时空自消亡，
能收集就去找寻：
这醇酒，妇人，与歌唱。

这能使我们健壮：
葡萄叶与狂呼蜜吻；
但光阴去太悠长。

我们是欢乐又悲伤，
如今却管领它们：
这醇酒，妇人，与歌唱。

为了我们时时沮丧，
它们便不愿在前现隐；
但光阴去太悠长。

可是花果芬芳，
比它们是更希珍：
这醇酒，妇人，与歌唱？
但光阴去太悠长。

要是你曾相待

海　变

那里海洋与河水的狂流相会，
那白浪在沙丘前后飞腾；
在那枯寂的草原，有风车高立：
我愿乘长风，过沙洲去那里找寻，
找寻那求而未得的，精致的王冠，
这有朝会加上那弱者多情的头顶。

海啊，当那狂风停了，你可不再扬波？
我曾这般爱你，却又常误你以尘寰的烦响。
当我以最后的希图信托于君，
你最后的歌词，也请起来歌唱；
你曾为人们奏此雄歌，今须为我，
人们只听过一回，可就把尘世遗忘。

当那末日来时，我把帆儿紧束，

让你的吻儿掩埋了我面上的迟暮与昏疲；
让怨恨如梦境与光阴般消隐，
当你凶残的宠爱闭了我双睛，又僵硬了我肢儿！
我所知道的此后就都须忘了：
又忘了那女人和尘世的施为。

残 滓

那火焰已消亡，它残炎也散尽：
这正是一切诗人最后的歌词，——
那金酒已饮残，只剩了些微余滴，
它苦如艾草，又辛如忧郁；
消失了康强与希望，为了爱情，
它们今儿和我惨淡地相遗。
只有阴影相随，直到消亡时候，
它们许是情人，许是我们的朋友。
我们坐着相期，用憔悴的眼儿相等，
直等那门儿闭了，又将幽幕放下沉沉：
这正是一切诗人最后的歌词。

短　歌

一切人们可祈请之词，
可我未曾向君祈请？
还有什么未陈的歌颂，
我未曾向你陈明，
啊，我的爱人？

但你的秀目与芳怀
对我总是这般的冷冷：
那我唯有的份儿，
只从你潜来的幽恨，
啊，我的爱人！

我从何处可找到悲哀，
又将它深深的藏隐？
否则我那切切的泪珠，

又要使你惊心，
啊，我的爱人！

多于人们可祈请之词，
可我未曾向君祈请？
还有什么未陈的歌颂，
我未曾向你陈明，
啊，我的爱人！

勃列达尼的下午

沉沉的空气里，微闻金雀花香，
在那巉岩山畔，闲凭茵席芬芳，
听着那微风，细语如丝，
又泉水幽吟，鸟儿低唱。

寂寂山边，我把身儿躺向阳光，
神思昏蒙，尘寰如一梦迷茫；
我们怎为石榴与玫瑰，不住的纷争，
为女郎灰白的容颜，我争又心头惆怅！

离了纷争，在那儿寂寞的遐方，
有清芬的梦境，介于生与死中央；
金雀花间，阳光洒地，我将沉睡昏昏，
将我心灵向那白云堆安放。

片时间只沉睡莫彷徨，

等着白蔷薇般圣母，来自仙乡；

那时要求她怜悯，我们是盲目又无能：

无故地将身儿败坏得这般模样。

转　变

心爱的，一时间和你徘徊；
将疲弱的头儿倚向你胸怀。
看又林森暗淡，落叶昏沉，
霜天阔，寂寞夜寒来。

在那弯弯金谷冬郊外，
一时间向你身前挨；
会看那久久潜沉，与卿卿纤手，
孤凉地，消失在夜中荒野。

待爱你，一霎时怎生爱？
良宵候，我们就要分开，
便须去攀那冰山，
冬郊里，不知人在天涯。

　　　　　　要是你曾相待

心爱的，从炎夏匆匆，

直到那凄清冬日，长夜幽哀，

映着那阳光惨淡，

我只见，片片蔷薇凋坏。

交　换

今已拿出了我全身所有，
却还是怎地些微：
诗句儿粗粗制就，
又拿蔷薇来比你冰肌：
今已拿出了我全身所有。

为了这些微，我在找寻：
只要你多情的流盼，
一句儿软语温存，
或一想及我徘徊在门畔：
为了这些微，我在找寻。

我今所得也只是些微：
你所有怕也止于此了！
我和那飘飞的黄叶迷离

舞着那幽灵般的舞蹈。

今算已得到了你所有的些微。

致作愚问之女子

我何故忧愁，克罗哀？为了那月儿悠远，
我是何人为甚拘在这小星中被人磨难？

可是为你玉容柔媚？要是它不为娇美，
那我就未曾见过世间最绮丽的花颜。

为此处是这般凄冷，而我就把机谋费尽，
也不能渡到那我未曾居住过的多情之境。

可是为你樱唇如血，又冰肌胜雪？
我快去的那欢愉之地，却无这般红与皓白。

可是为你樱唇红褪，且又酥胸憔悴？
我愿乘风飞去，克罗哀，一些儿也不觉心悲。

致已失去之爱人

那分开我俩的深渊，
今我已至求穿渡，
我空自在深深祈诉，
希求却早憔悴无言：
啊，我已看出你的回音，在你目光间。

我并未关心，却见那繁星光映。
我想只须有缕缕柔情，
就能牵住这万里的离分；
亲爱的，但我经过一番思忖：——
啊，我们终不得这般亲近！

我早都知道，在结果未来前：
那繁星今更光明惨白；
我空自声声叹息。

他人都能有尘世的幽欢；
它们只不到我俩身边。

智　慧

爱那醇醪，美女，与芳春，
当美酒是酡红而春日又来临，
那杏花丛里透出娇啭声声，
你爱人的鸽子般的柔音。

爱那醇醪，美女，与芳春，
醇醪已香洌而芳春又懞帲，
她能以浅笑盈盈，
使人忘去了苦役与劳营。

可是芳春匆匆地去了，
不要看你的忧愁在她眼内，
却从你爱者那儿颂你的自由：
这便是哲人的智慧。

最后的话

让我们去吧：幽宵已在身前；
看飘散的鸟儿，看疲劳的岁月；
我们已将上帝的耕耘收获；
如雄枭展翼，黑暗已将大地深缄。
我们有的是绝望与沉沦，
不知道悲哀和欢喜
只听那些浮华的人事
驱使着我们迷惘的一群群。

让我们去吧：不管它阴冷又生僻，
老来时可以找到安宁的幻境
为善作恶的人群都到那儿安息，
可以忘了忧伤，欲望，与爱情。
向大地弯起手儿来求请：
请将我们病了的心灵化成灰烬。

西茉纳集

［法］果尔蒙

发

西茉纳，有个大神秘
在你头发的林里。

你吐着干刍的香味，你吐着野兽
睡过的石头的香味；
你吐着熟皮的香味，你吐着刚簸过的
小麦的香味；
你吐着木材的香味，你吐着早晨送来的
面包的香味；
你吐着沿荒垣
开着的花的香味；
你吐着黑莓的香味，你吐着被雨洗过的
长春藤的香味；
你吐着黄昏间割下的
灯心草和薇蕨的香味；

你吐着冬青的香味，你吐着藓苔的香味，
你吐着在篱阴结了种子的
衰黄的野草的香味；
你吐着荨麻如金雀花的香味，
你吐着苜蓿的香味，你吐着牛乳的香味；
你吐着茴香的香味；
你吐着胡桃的香味，你吐着熟透而采下的
果子的香味；
你吐着花繁叶满时的
柳树和菩提树的香味；
你吐着蜜的香味，你吐着徘徊在牧场中的
生命的香味；
你吐着泥土与河的香味；
你吐着爱的香味，你吐着火的香味。

西茉纳，有个大神秘
在你头发的林里。

山　楂

西茉纳，你的温柔的手有了伤痕，
你哭着，我却要笑这奇遇。

山楂防御它的心和它的肩，
它已将它的皮肤许给了最美好的亲吻。

它已披着它的梦和祈祷的大幕，
因为它和整个大地默契；

它和早晨的太阳默契，
那时惊醒的群蜂正梦着苜蓿和百里香，

和青色的鸟，蜜蜂和飞蝇，
和周身披着天鹅绒的大土蜂，

和甲虫、细腰蜂，金栗色的黄蜂，
和蜻蜓，和蝴蝶，

以及一切有翅的，和在空中
像三色堇一样地舞着又徘徊着的花粉；

它和正午的太阳默契，
和云，和风，和雨，

以及一切过去的，和红如蔷薇，
洁如明镜的薄暮的太阳，

和含笑的月儿以及和露珠，
和天鹅，和织女，和银河；

它有如此皎白的前额而它的灵魂是如此纯洁
使它在全个自然中钟爱它自身。

冬 青

西茉纳，太阳含笑在冬青树叶上；
四月已回来和我们游戏了。

他将些花篮背在肩上，
他将花枝送给荆棘、栗树、杨柳；

他将它们一朵一朵地撒在草上，
在溪流、沼泽、沟渠的岸上；

他将长生草留给水，又将石楠花
留给树木，在枝干伸长着的地方；

他将紫罗兰投在幽荫中，在黑莓下，
在那里，他的裸足大胆地将它们藏好又踏下；

他将雏菊和有一个小铃项圈的
樱草花送给了一切的草场；

他让铃兰和白头翁一齐坠在
树林中，沿着幽凉的小径；

他将鸢尾草种在屋顶上，
和我们的花园中，西茉纳，那里有好太阳，

他散布鸽子花和三色堇，
风信子和那丁香的好香味。

雾

西茉纳，穿上你的大氅和你黑色的大木靴，
我们将像乘船似地穿过雾中去。

我们将到美的岛上去，那里的妇人们
像树木一样的美，像灵魂一样的赤裸；
我们将到那些岛上去，那里的男子们
像狮子一样的柔和，披着长而褐色的头发。
来啊，那没有创造的世界从我们的梦中等着
它的法律，它的欢乐，那些使树开花的神
和使树叶炫烨而幽响的风。
来啊，无邪的世界将从棺中出来了。

西茉纳，穿上你的大氅和你黑色的大木靴，
我们将像乘船似地穿过雾中去。

我们将到那些岛上去，那里有高山，

从山头可以看见原野的平寂的幅员，

和在原野上啮草的幸福的牲口，

像杨柳树一样的牧人，和用禾叉

堆在大车上面的稻束：

阳光还照着，绵羊歇在

牲口房边，在园子的门前，

这园子吐着地榆、莴苣和百里香的香味。

西茉纳，穿上你的大氅和你黑色的大木靴，

我们将像乘船似地穿过雾中去。

我们将到那些岛上去，那里灰色和青色的松树

在西风飘过它们的发间的时候歌唱着。

我们卧在它们的香荫下，将听见

那受着愿望的痛苦而等着

肉体复活之时的幽灵的烦怨声。

来啊，无限在昏迷而欢笑，世界正沉醉着：

梦沉沉地在松下，我们许会听得

爱情的话，神明的话，辽远的话。

西茉纳，穿上你的大氅和你黑色的大木靴，
我们将像乘船似地穿过雾中去。

雪

西茉纳，雪和你的颈一样白，
西茉纳，雪和你的膝一样白。

西茉纳，你的手和雪一样冷，
西茉纳，你的心和雪一样冷。

雪只受火的一吻而消溶，
你的心只受永别的一吻而消溶。

雪含愁在松树的枝上，
你的前额含愁在你栗色的发下。

西茉纳，你的妹妹雪睡在庭中。
西茉纳，你是我的雪和我的爱。

死 叶

西茉纳，到林中去罢：树叶已飘落了；
它们铺着苍苔、石头和小径。

西茉纳，你爱死叶上的步履声吗？

它们有如此柔美的颜色，如此沉着的调子，
它们在地上是如此脆弱的残片！

西茉纳，你爱死叶上的步履声吗？

它们在黄昏时有如此哀伤的神色，
当风来飘转它们时，它们如此婉转地哀鸣！

西茉纳，你爱死叶上的步履声吗？

当脚步蹂躏着它们时，它们像灵魂一样地啼哭，
它们做出振翼声和妇人衣裳的綷縩声。

西茉纳，你爱死叶上的步履声吗？

来啊：我们一朝将成为可怜的死叶。
来啊：夜已降下，而风已将我们带去了。

西茉纳，你爱死叶上的步履声吗？

河

西茉纳，河唱着一支淳朴的曲子，
来啊，我们将走到灯心草和蓬骨间去；
是正午了：人们抛下了他们的犁，
而我，我将在明耀的水中看见你的跣足。

河是鱼和花的母亲；
是树、鸟、香、色的母亲；

她给吃了谷又将飞到
一个辽远的地方去的鸟儿喝水；

她给那绿腹的青蝇喝水，
她给像船奴似的划着的水蜘蛛喝水。

河是鱼的母亲：她给它们

小虫、草、空气和臭氧气；

她给它们爱情：她给它们翼翅，
使它们追踪它们的女性的影子到天边。

河是花的母亲，虹的母亲，
一切用水和一些太阳做成的东西的母亲。

她哺养红豆草和青草，和有蜜香的
绣线菊，和毛蕊草，

它是有像鸟的绒毛的叶子的；
她哺养小麦，苜蓿和芦苇；

她哺养苎麻；她哺养亚麻；
她哺养燕麦、大麦和荞麦；

她哺养裸麦、河柳和林檎树；
她哺养垂柳和高大的白杨。

河是树木的母亲：美丽的橡树

曾用它们的脉管在她的河床中吸取清水。

河使天空肥沃：当下雨时，
那是河，她升到天上，又重降下来；

河是一个很有力又很纯洁的母亲，
河是全个自然的母亲。

西茉纳，河唱着一个淳朴的曲子，
来啊，我们将走到灯心草和蓬骨间去；
是正午了：人们抛下了他们的犁，
而我，我将在明耀的水中看见你的跣足。

果树园

西茉纳，带一只柳条的篮子，
到果树园子去吧。
我们将对我们的林檎树说，
在走进果树园的时候：
林檎的时节到了，
到果树园去罢。西茉纳，
到果树园去罢。

林檎树上飞满了黄蜂，
因为林檎都已熟透了
有一阵大的嗡嗡声
在那老林檎树的周围。
林檎树上已结满了林檎，
到果树园去罢，西茉纳，
到果树园去罢。

我们将采红林檎，
鸠林檎和青林檎，
更采那肉已烂熟的
酿林檎酒的林檎。
林檎的时节到了，
到果树园去吧，西茉纳，
到果树园去吧。

你将有林檎的香味
在你的衫子上和你的手上，
而你的头发将充满了
秋天的温柔的芬芳。
林檎树上都已结满了林檎，
到果树园去罢，西茉纳，
到果树园去罢。

西茉纳，你将是我的果树园
和我的林檎树；
西茉纳，赶开了黄蜂
从你的心和我的果树园。

林檎的时节到了，

到果树园去吧，西茉纳，

到果树园去罢。

园　子

西茉纳，八月的园子
是芬芳、丰满而温柔的：
它有芜菁和莱菔，
茄子和甜萝卜，
而在那些惨白的生菜间，
还有那病人吃的莴苣；
再远些，那是一片白菜，
我们的园子是丰满而温柔的。

豌豆沿着攀竿爬上去；
那些攀竿正像那些
穿着饰红花的绿衫子的少妇一样。
这里是蚕豆，
这里是从耶路撒冷来的葫芦。
胡葱一时都抽出来了，

又用一顶王冕装饰着自己，
我们的园子是丰满而温柔的。

周身披着花边的天门冬
结熟了它们的珊瑚的种子；
那些金莲花，虔诚的贞女：
已用它们的棚架做了一个花玻璃大窗，
而那些无思无虑的南瓜
在好太阳中鼓起了它们的颊；
人们闻到百里香和茴香的气味，
我们的园子是丰满和温柔的。

磨 坊

西茉纳，磨坊已很古了，它的轮子
满披着青苔，在一个大洞的深处转着：
人们怕着，轮子过去，轮子转着
好像在做一个永恒的苦役。

土墙战栗着，人们好像是在汽船上，
在沉沉的夜和茫茫的海之间：
人们怕着，轮子过去，轮子转着
好像在做一个永恒的苦役。

天黑了；人们听见沉重的磨石在哭泣，
它们是比祖母更柔和更衰老：
人们怕着，轮子过去，轮子转着
好像在做一个永恒的苦役。

磨石是如此柔和，如此衰老的祖母，
一个孩子就可以拦住，一些水就可以推动：
人们怕着，轮子过去，轮子转着
好像在做一个永恒的苦役。

它们磨碎了富人和穷人的小麦，
它们亦磨碎稞麦，小麦和山麦；
人们怕着，轮子过去，轮子转着
好像在做一个永恒的苦役。

它们是和最大的使徒们一样善良，
它们做那赐福与我们又救我们的面包：
人们怕着，轮子过去，轮子转着
好像在做一个永恒的苦役。

它们养活人们和柔顺的牲口，
那些爱我们的手又为我们而死的牲口，
人们怕着，轮子过去，轮子转着
好像在做一个永恒的苦役。

它们走去，它们啼哭，它们旋转，它们呼鸣

自从一直从前起，自从世界的创始起：
人们怕着，轮子过去，轮子转着
好像在做一个永恒的苦役。

西茉纳，磨坊已很古了：它的轮子，
满披着青苔，在一个大洞的深处转着。

洛尔迦诗抄

［西班牙］洛尔迦

海水谣

在远方，
大海笑盈盈。
浪是牙齿，
天是嘴唇。

不安的少女，你卖的什么，
要把你的乳房耸起？

——先生，我卖的是
大海的水。

乌黑的少年，你带的什么，
和你的血混在一起？

——先生，我带的是

大海的水。

这些咸的眼泪，
妈啊，是从哪儿来的？

——先生，我哭出的是
大海的水。

心儿啊，这苦味儿
是从哪里来的？

——比这苦得多呢，
大海的水。

在远方，
大海笑盈盈。
浪是牙齿，
天是嘴唇。

　　　　　要是你曾相待

木马栏

——赠霍赛·裴尔伽明

节庆的日子
在轮子上盘桓。
木马栏把它们带去，
又送它们回来。

青的圣体节。
白的圣诞节。

日子天天过去，
像蝮蛇蜕皮，
但是节日，
唯一的破例。

我们的老母亲
都这样过她们的节庆
她们的夜晚
是缀金叶的闪缎长裙。

青的圣体节。
白的圣诞节。

木马栏回旋着，
钩在一颗星上。
像地球五大洲的
一枝郁金香。

孩子们骑在
装成豹子的马上，
好像是一颗樱桃，
他们把月亮吞下。

生气吧，马可·波罗！
在一个幻想的转轮上，
孩子们看见了遥远的

不知名的地方。

青的圣体节。
白的圣诞节。

猎 人

在松林上，
四只鸽子在空中飞翔。

四只鸽子
在盘旋，在飞翔。
掉下四个影子，
都受了伤。

在松林里，
四只鸽子躺在地上。

塞维拉小曲

——赠索丽妲·沙里纳思

橙子林里，

透了晨曦，

金黄的小蜜蜂，

出来找蜜。

蜜呀蜜呀

它在哪里？

蜜呀蜜呀

它在青花里，

伊莎佩儿，

在那迷迭香花里。

（描金的小凳子
给靡尔小子。
金漆的椅子
给他的妻子。）

橙子林里，
透了晨曦。

海 螺

——给纳达丽妲·希美奈思

他们带给我一个海螺。

它里面在讴歌
一幅海图。
我的心儿
涨满了水波，
暗如影，亮如银，
小鱼儿游了许多。

他们带给我一个海螺。

风　景

——赠丽妲，龚查，贝贝和加曼西迦

苍茫的夜晚，
披上了冰寒。

朦胧的玻璃窗后面，
孩子们全都看见
一株黄色的树
变成了许多飞燕。

夜晚一直躺着，
顺着河沿，
屋檐下在打颤，
一片苹果的羞颜。

　　　　要是你曾相待

骑士歌

哥尔多巴城，
辽远又孤零。

黑小马，大月亮，
鞍囊里还有青果。
我再也到不了哥尔多巴，
尽管我认得路。

穿过平原，穿过风
黑小马，红月亮。
死在盼望我
从哥尔多巴的塔上。

啊！英勇的小马！
啊！漫漫的长路！

我还没到哥尔多巴，

啊，死亡已经在等我！

哥尔多巴城。

辽远又孤零。

要是你曾相待

树呀树

树呀树，
枯又绿。

脸儿美丽的小姑娘
正在那里摘青果，
风，高楼上的浪子，
来把她的腰肢抱住。

走过了四位骑士，
跨着安达路西亚的小马，
披着黑色的长大氅，
穿着青绿色的短褂。
"到哥尔多巴来呀，小姑娘。"
小姑娘不听他。

走过了三个青年斗牛师，

腰肢细小够文雅，

佩着镶银的古剑，

穿着橙色的短褂。

"到塞维拉来呀，小姑娘。"

小姑娘不理他。

暮霭转成深紫色，

残阳渐暗渐西斜，

走过了一个少年郎，

带来了月亮似的桃金娘和玫瑰花。

"到格拉那达来呀，小姑娘。"

小姑娘不睬他。

脸儿美丽的小姑娘，

还在那里摘青果，

给风的灰色的胳膊，

把她腰肢缠住。

树呀树，

枯又绿。

冶游郎

冶游郎，
小小的冶游郎。
你家里烧着百里香。

不用调笑，不用彷徨，
我已把门儿锁上。

用纯银的钥匙锁上。
把钥匙系在腰带上。

腰带上有铭文一行：
我的心儿在远方。

你别再到我街上散步。
一切都叫风吹过。

冶游郎，

小小的冶游郎。

你家里烧着百里香。

小夜曲

——献祭洛贝·特·维迦

在河岸的两旁，
夜色浸得水汪汪，
在罗丽姐的心头，
花儿为爱情而亡。

花儿为爱情而亡。

在三月的桥上，
裸体的夜在歌唱。
罗丽姐在洗澡，
用咸水和甘松香。

花儿为爱情而亡。

茴香和白银的夜
照耀在屋顶上。
流水和明镜的银光。
你的大腿的茴香。

花儿为爱情而亡。

最初的愿望小曲

在鲜绿的清晨，
我愿意做一颗心。
一颗心。

在成熟的夜晚，
我愿意做一只黄莺。
一只黄莺。

（灵魂啊，
披上橙子的颜色。
灵魂啊，
披上爱情的颜色。）

在活泼的清晨
我愿意做我

一颗心。

在沉寂的夜晚，
我愿意做我的声音。
一只黄莺。

灵魂啊，
披上橙子的颜色吧！
灵魂啊，
披上爱情的颜色吧！

　　　　　要是你曾相待

水呀你到哪儿去

水呀你到哪儿去？
我顺着河流，
一路笑到海边去。

海呀你到哪里去？

我向上面的河流
找个地方歇脚去。

赤杨呀，你呢，你做什么？

我对你什么话也没有，
我呀……我颤抖！

我要什么，我不要什么，

问河去还是问海去？

（四只没有方向的鸟儿，
在高高的赤杨树上。）

　　　　要是你曾相待

三河小谣

瓜达基维河
在橙子和橄榄林里流。
格拉那达的两条河，
从雪里流到小麦的田畴。

哎，爱情呀，
一去不回头！

瓜达基维河，
一把胡须红又红。
格拉那达的两条河，
一条在流血，一条在哀恸。

哎，爱情呀，
一去永随风！

塞维拉有条小路
给帆船通航。
格拉那达的水上，
只有叹息在打桨。

哎，爱情呀，
一去不回乡！

瓜达基维河的橙子林里，
高阁凌空，香风徐动。
陶洛和赫尼尔的野塘边，
荒废的小楼儿孤耸。

哎，爱情呀，
一去永无踪！

谁说水会送来
一个哭泣的磷火！

哎，爱情呀，

一去不回顾！

带些橄榄，带些橙花，
安达路西亚，给你的海洋。

哎，爱情呀，
一去永难忘！

村 庄

精光的山头

一片骷髅场。

绿水清又清

百年的橄榄树成行。

路上行人

都裹着大氅，

高楼顶上，

风旗旋转回往。

永远地

旋转回往。

啊，悲哀的安达路西亚

没落的村庄！

要是你曾相待

吉他琴

吉他琴的呜咽
开始了。
黎明的酒杯
破了。
吉他琴的呜咽
开始了。
要止住它
没有用，
要止住它
不可能。
它单调地哭泣，
像水在哭泣，
像风在雪上
哭泣。
要止住它

不可能。
它哭泣，是为了
远方的东西。
要求看白茶花的
和暖的南方的沙。
哭泣，没有鹄的箭，
没有晨晓的夜晚，
于是第一只鸟
死在枝上。
啊，吉他琴！
心里刺进了
五柄利剑。

梦游人谣

绿啊，我多么爱你这绿色。

绿的风，绿的树枝。

船在海上，

马在山中。

影子裹住她的腰，

她在露台上做梦。

绿的肌肉，绿的头发，

还有银子般沁凉的眼睛。

绿啊，我多么爱你这绿色。

在吉卜赛人的月亮下，

一切东西都看着她，

而她却看不见它们。

绿啊，我多么爱你这绿色，

繁星似的霜花

和那打开黎明之路的
黑暗的鱼一同来到。
无花果用砂皮似的树叶
磨擦着风，
山像野猫似的耸起了
它的激怒了的龙舌兰。
可是谁来了？从哪儿来的？
她徘徊在露台上，
绿的肌肉，绿的头发，
在梦见苦辛的大海。
——朋友，我想要
把我的马换你的屋子
把我的鞍辔换你的镜子，
把我的短刀换你的毛毯。
朋友，我是从喀勃拉港口
流血回来的。
——要是我办得到，年轻人，
这交易一准成功。
可是我已经不再是我，
我的屋子也不再是我的。
——朋友，我要善终在

我自己的铁床上，

如果可能，

还得有荷兰布的被单。

你没有看见我

从胸口直到喉咙的伤口？

——你的白衬衫上

染了三百朵黑玫瑰，

你的血还在腥气地

沿着你的腰带渗出。

但我已经不再是我，

我的屋子也不再是我的。

——至少让我爬上

这高高的露台；

允许我上来！允许我

爬上这绿色的露台。

月光照耀的露台，

那儿可以听到海水的回声。

于是这两个伙伴

走上那高高的露台。

留下了一缕血迹。

留下了一条泪痕。

许多铅皮的小灯笼

在人家屋顶上闪烁。

千百个水晶的手鼓，

在伤害黎明。

绿啊，我多么爱你这绿色，

绿的风，绿的树枝。

两个伙伴一同上去。

长风留给他们嘴里

一种苦胆，薄荷和玉香草的

稀有的味道。

朋友，告诉我，她在哪里？

你那个苦辛的姑娘在哪里？

她等候过你多少次？

她还会等候你多少次？

冷的脸，黑的头发，

在这绿色的露台上！

那吉卜赛姑娘

在水池上摇曳着。

绿的肌肉，绿的头发，

　　　　要是你曾相待

还有银子般沁凉的眼睛。
一片冰雪似的月光
把她扶住在水上。
夜色亲密得
像一个小小的广场。
喝醉了的宪警
正在打门。

绿啊，我多么爱你这绿色。
绿的风，绿的树枝。
船在海上，
马在山中。

安达路西亚水手的夜曲

从喀提思到直布罗陀，
多么好的小路。
海从我的叹息，
认得我的脚步。

哎，姑娘啊姑娘，
多少船停在马拉迦港！

从喀提思到塞维拉，
多少的小柠檬！
柠檬树从我的叹息，
知道我的行踪。

哎，姑娘啊姑娘，
多少船停在马拉迦港！

从塞维拉到加尔莫那，
找不出一柄小刀，
好砍掉半个月亮，
叫风也受伤飞跑。

哎，孩儿啊孩儿，
看波浪带走我的马儿！

在死去的盐场边，
爱人啊，我把你忘记，
让要一颗心的人，
来问我为什么忘记。

哎，孩儿啊孩儿，
看波浪带走我的马儿！

喀提思，不要走过来，
免得大海淹没你。
塞维拉，脚跟站牢些，
别让江水冲掉你。

哎呀姑娘!

哎呀孩子!

美好的小路多么平,

多少船在港里和海滨,

多么冷!

短　歌

——赠格劳提奥·纪廉，时在塞维拉，他还是一个孩子。

在月桂的枝叶间，

我看见黑鸽子一双。

一只是太阳，

一只是月亮。

"小邻舍，"我对他们说，

"我的坟墓在何方？"

月亮说："在我喉咙里。"

太阳说："在我尾巴上。"

而我这个行人，

大地沾到我腰旁，

看见了两只云石的鹰，

和一个裸体的女郎。

两只鹰一模一样，

而她却谁都不像。

"小鹰儿，"我对他们说，

"我的坟墓在何方？"

月亮说："在我喉咙里。"

太阳说："在我尾巴上。"

在樱桃的枝叶间，

我看见裸体的鸽子一双。

他们都一模一样，

两个又谁都不像。

蔷薇小曲

蔷薇
不寻找晨曦：
在肉体和梦的边缘，
她寻找别的东西。

蔷薇
不寻找科学和阴翳：
几乎是永恒地在枝上
她寻找别的东西。

蔷薇
不寻找蔷薇：
寂静地向天上，
她寻找别的东西！

恋爱的风

有个苦味的根
有个千扇窗的世界。
最小的手也不能
把水的门儿打开。

哪里去？哪里去？哪里？
有千片平坛的天庭。
有苍白的蜜蜂的战斗。
还有一个苦味的根。

苦根。

苦痛的是脚底，
和脸面的里层。
苦痛在新砍伐的

夜的新鲜的树身。

恋爱啊，我的冤家，
我啃着你苦味的根！

呜 咽

我关紧我的露台，
因为不愿听到呜咽，
但是从灰色的墙背后
听到的只有呜咽。

唱歌的天使不多，
吠叫的狗也没有几条，
一千只提琴也能抓在掌心；
可是呜咽是一个巨大的天使，
呜咽是一条巨大的狗，
呜咽是一只巨大的提琴，
风给眼泪勒住了，
我听到的只有呜咽。

西班牙抗战谣曲选

橄榄树林

A.B.洛格罗纽

焚烧着的橄榄树林，

没有人去灌灭。

雨不会浇熄它，

更无论凝霜，飞雪。

五个少年把它放了火，

用浸透汽油的布屑，

于是留下了五颗

复仇的星星，依贴

在那些橄榄树上，

像是信号，发着银光皎洁。

哎，橄榄树林，小小的橄榄树！

谁来采橄榄，打你的枝叶？

从你红土中出来的油，

会有谁来榨捏？

五个少年动手放了火，

把它们烧得猛烈。

五个有卫兵保护的少爷，

一把火叫它们遭了劫——

他们是拥有农场，

和仓库重重叠叠。

他们欣喜地烧了树木，

一边笑声不绝，

教士在钟楼上，

连连地鸣钟不歇。

哎，橄榄树林，小小的橄榄树！

谁来采橄榄，打你的枝叶，

除非在你的枝叶间，

将一把榴弹抛撒？

焚烧着的橄榄树林，

没有人去灌灭。

雨不会浇熄它，

更无论凝霜，飞雪。

橄榄树的大火，

在全西班牙都延烧激烈。

载《顶点》创刊号，一九三九年七月

山间的寒冷

贝德雷

马拉高斯陀，崎岖的山峰，

你合当宁静。

雷文东，你的荒野

该是暖和的地境。

吹着霜风的山岗，

请你变成苍翠的园林，

让人民的兵士

在前线不受寒冷，

飘着冻风的峰峦，

请把你的雪扫尽。

秋天的阴云，

九月的凄冷，

那些在前线度夜的民军，

要是你曾相待

请你们不要欺凌。

北方去吧，北方去吧，

霜，雪和寒冷！

法西斯蒂是从那里来，

脸上黑色十字架亮晶晶。

刮起你的寒风，

让他们牙齿打颤不停，

吹掉他们的军帽，

袈裟和僧帽一顶顶，

请你们的寒夜带了死亡

叫他们去受领，

哦，从马里岂华和明葛德

吹来的冰寒的谷风冷冷，

请你们去割他们，像白刃，

割成一片片，热炙炙，血淋淋。

驴子一般的耳朵

胖胖的脸嘴，红白交映，

假仁假义的目光

和蛇蝎一般的心灵！

九月的凄寒啊，

请对民军抱同情：

西班牙凭他们战斗着，

他们是西班牙的精英！

载《顶点》创刊号，一九三九年七月

要是你曾相待

流亡之群

A. S. 柏拉哈

我亲眼看见他们：
那些可怜的流亡之群，
在大路上徘徊
那些昂达鲁西亚的农民
男人，儿童和妇人，
不知走到哪里去，
走着，走着，不知水遥路近。

我亲眼看见他们：
在那些大道之旁，
他们是河流，由人畜汇成
向高尔道巴奔流浩荡；
他们在橄榄树下找寻

若不是安静，至少是遗忘，
若不是安身处，至少是阴荫。

我亲眼看见他们：
他们的被追逐的步伐，
他们的肿胀的脚跟，
和他们的沙哑
的唏嘘太息的声音，
都是西班牙所受下的
最大侮辱的血证——
他们的声音向人细说
那些法西斯蒂和摩尔人，
以及野蛮的豪霸
（他们把乡土卖给外国人。）
取得极廉的代价，
像以前对复活的基督一样狠
所干的暴行虐杀
在他们的村镇。

我亲眼看见他们
在力不相等的战斗中

和摩尔人拼命，

溃败了，却誓死不相从；

这些人从故土流离飘零，

尝遍法西斯的苦痛：

巴爱拿的妇女们——

她们的丈夫已经命终，

还有那些孩子——他们的父亲

是在爱尔加比奥丧身兵戎，

或在波沙达，在维拉弗朗加城，

在贝多阿巴，洛拉代留前线中

和拿凶狠的来福枪的敌人，

用他们的前膛枪去交锋。

他们在大路上奔行，

因为那些法西斯，

已把他们什么都抢尽，

一长列一长列的儿童，

妇女和老人

在旷野上奔走，日暮途穷，

我亲眼看见他们。

可是他们还留着余勇

请求别的村庄别的母亲

的别的儿子来发动

去惩罚他们的敌人，

而在他们的咽喉中，

还留着一种重伤的使信，

那便是和法西斯血战而死的英雄

所留下的一个呼声：

"抗战至死，拳头高举临空，

为我们战死的儿郎报仇雪恨，

对杀人的法西斯，

我们要给一个痛快的报应！"

我亲眼看见他们

我求痛快的报应！

载《顶点》创刊号，一九三九年七月

流亡人谣

泊拉陀思

失去的新原野啊，

我不幸的命运平芜；

那里剩下你的橄榄枝，

和你的初生的橙树，

流水在你溪中闪耀。

耕牛犁着你的泥土，

而我越过了你的道路

永不回来把你重睹。

麦子娇嫩的手臂

是我死亡的风磨！

我差不多没有朋友，

也没有温热的牛乳，

也没有面包来救我的饥，

也没有言辞来给我鼓舞。

无依无靠的躯体啊!

你怎样给你的枝干以支柱,

对于斩除了你的根的人,

你们美丽的大地母亲,

她是那么地系着你们的心,

那么地和你们姐妹般相亲,

腰傍着大海,

头和群山为邻,

想着她的自由,

把她的儿女送去从军

在沙拉戈隆大路,

在怀斯加的城根,

在托莱陀的平原,

在西班牙全境,

潺潺地流着加达鲁涅的血,

和应着她语言的音韵。

可是为要使你所想的东西的音韵

继续地高响入云,

不要忘记啊,加达鲁涅,

对着马德里,在远方,

敌人的目光窥伺着，

想给它以死亡。

加达鲁涅人，如果马德里死了，

难道你拿浓荫去遮护？

世界给了我坏的躯体，

坏的树，不开花的树，

而在枝头也不一定

能结出什么果。

啊，我的手炙热，

哦，我的前额的眼珠！

啊，黎明的光下面！

啊，浓密的阴影罩住！

我们永远清醒着

清醒着，却连我也认不出，

他们单望着风——

那便是他们苦痛的来处。

啊，原野，迢迢的原野，

我的沉痛在那儿归宿；

他们永不会逢到我的遗忘，

即使我必须忘掉失去你的苦楚。

载《星岛日报·星座》第二九七期，一九三九年六月二日

波特莱尔二十四首诗

信天翁

时常地，为了戏耍，船上的人员
捕捉信天翁，那种海上的巨禽——
这些无挂碍的旅伴，追随海船，
跟着它在苦涩的漩涡上航行。

当他们把它们一放到船板上，
这些青天的王者，羞耻而笨拙，
就可怜地垂倒在他们的身旁
它们洁白的巨翼，像一双桨棹。

这插翅的旅客，多么呆拙委颓！
往时那么美丽，而今丑陋滑稽！
这个人用烟斗戏弄它的尖嘴，
那个人学这飞翔的残废者拐躄！

诗人恰似天云之间的王君，
它出入风波间又笑傲弓弩手；
一旦堕落在尘世，笑骂尽由人，
它巨人般的翼翅妨碍它行走。

要是你曾相待

高 举

在池塘的上面，在溪谷的上面，
临驾于高山，树林，天云和海洋，
超越过灏气，超越过太阳，
超越过那缀星的天球的界限。

我的心灵啊，你在敏捷地飞翔，
恰如善泳的人沉迷在波浪中，
你欣然犁着深深的广袤无穷，
怀着雄赳赳的狂欢，难以言讲。

远远地从这疾病的瘴气飞脱，
到崇高的大气中去把你洗净，
像一种清醇神明的美酒，你饮
滂渤弥漫在空间的光明的火。

那烦郁和无边的忧伤的沉重
沉甸甸压住笼着雾霭的人世，
幸福的唯有能够高举起健翅，
从它们后面飞向明朗的天空！

幸福的唯有思想如云雀悠闲，
在早晨冲飞到长空，没有挂碍，
——翱翔在人世之上，轻易地了解
那花枝和无言的万物的语言！

应 和

自然是一庙堂，那里活的柱石
不时地传出模糊隐约的语音……
人穿过象征的林从那里经行，
树林望着他，投以熟稔的凝视。

正如悠长的回声遥遥地合并，
归入一个幽黑而渊深的和谐——
广大有如光明，浩漫有如黑夜——
香味，颜色和声音都互相呼应。

有的香味新鲜如儿童的肌肤，
柔和有如洞箫，翠绿有如草场，
——别的香味呢，腐烂，轩昂而丰富。

具有着无极限的品物底扩张，

如琥珀香、麝香、安息香、篆烟香，
那样歌唱性灵和官感的欢狂。

人和海

无羁束的人，你将永远爱海洋！
海是你的镜子；你照鉴着灵魂
在它的波浪的无穷尽的奔腾，
而你心灵是深渊，苦涩也相仿。

你喜欢汩没到你影子的心胸；
你用眼和臂拥抱它，而你的心
有时以它自己的烦嚣来遣兴，
在难驯而粗犷的呻吟声中。

你们一般都是阴森和无牵羁：
人啊，无人测过你深渊的深量；
海啊，无人知道你内蕴的富藏，
你们都争相保持你们的秘密！

然而无尽数世纪以来到此际，
你们无情又无悔地相互争强，
你们那么地爱好杀戮和死亡，
哦永恒的斗士，哦深仇的兄弟！

美

哦，世人！我美丽有如石头的梦，
我的使每个人轮流斫丧的胸
生来使诗人感兴起一种无穷
而缄默的爱情，正和元素相同。

如难解的斯芬克斯，我御碧霄：
我将雪的心融于天鹅的皓皓；
我憎恶动势，因为它移动线条，
我永远也不哭，我永远也不笑。

诗人们，在我伟大的姿态之前
（我似乎仿之于最高傲的故迹）
将把岁月消磨于庄严的钻研；

因为要叫驯服的情郎们眩迷，

我有着使万象更美丽的纯镜：

我的眼睛，我光明不灭的眼睛！

要是你曾相待

异国的芬芳

秋天暖和的晚间，当我闭了眼
呼吸着你炙热的胸膛的香味，
我就看见展开了幸福的海湄，
炫照着一片单调太阳的火焰；

一个闲懒的岛，那里"自然"产生
奇异的树和甘美可口的果子；
产生身体苗条壮健的小伙子，
和眼睛坦白叫人惊异的女人。

被你的香领向那些迷人地方，
我看见一个港，满是风帆桅樯，
都还显着大海的风波的劳色，

同时那绿色的罗望子的芬芳——

在空中浮动又在我鼻孔充塞，

在我心灵中和入水手的歌唱。

赠你这几行诗

赠你这几行诗，为了我的姓名
如果侥幸传到那辽远的后代，
一晚叫世人的头脑做起梦来，
有如船儿给大北风顺势推行，

像缥缈的传说一样，你的追忆，
正如那铜弦琴，叫读书人烦厌，
由于一种友爱而神秘的锁链
依存于我高傲的韵，有如悬系；

受咒诅的人，从深渊直到天顶，
除我以外，什么也对你不回应！
——哦，你啊，像一个影子，踪迹飘忽，

你用轻盈的脚和澄澈的凝视

践踏批评你苦涩的尘世蠢物，

黑玉眼的雕像，铜额的大天使！

黄昏的和谐

现在时候到了，在茎上震颤颤，
每朵花氤氲浮动，像一炉香篆；
音和香味在黄昏的空中回转；
忧郁的圆舞曲和懒散的昏眩。

每朵花氤氲浮动，像一炉香篆；
提琴颤动，恰似心儿受了伤残；
忧郁的圆舞曲和懒散的昏眩！
天悲哀而美丽，像一个大祭坛。

提琴颤动，恰似心儿受了伤残，
一颗柔心，它恨虚无的黑漫漫！
天悲哀而美丽，像一个大祭坛；
太阳在它自己的凝血中沉湮……

一颗柔心（它恨虚无的黑漫漫）
收拾起光辉昔日的全部余残！
太阳在它自己的凝血中沉湮……
我心头你的记忆"发光"般明灿！

邀 旅

孩子啊，妹妹
想想多甜美
到那边去一起生活！
逍遥地相恋，
相恋又长眠
在和你相似的家国！
湿太阳高悬
在云翳的天
在我的心灵里横生
神秘的娇媚，
却如隔眼泪
耀着你精灵的眼睛。

那里，一切只是整齐和美，
豪侈，平静和那欢乐迷醉。

陈设尽辉煌，

给年岁砑光，

装饰着我们的卧房，

珍奇的花卉

把它们香味

和入依微的琥珀香，

华丽的藻井，

深湛的明镜，

东方的那璀璨豪华，

一切向心灵

秘密地诉陈

它们温和的家乡话。

那里，一切只是整齐和美，

豪侈，平静和那欢乐迷醉。

看，在运河内

船舶在沉睡——

它们的情性爱流浪；

为了要使你

百事都如意，

它们才从海角来航。

西下夕阳明，

把朱玉黄金

笼罩住运河和田垄

和整个城镇；

世界睡沉沉

在一片暖热的光中。

那里，一切只是整齐和美，

豪侈，平静和那欢乐迷醉。

秋 歌

一

不久我们将沉入寒冷的幽暗，
再会，我们太短的夏日的辉煌！
我已经听到，带着阴森的震撼，
薪木在庭院的石上声声应响。

整个冬日将回到我心头：愤怒，
憎恨，战栗，恐怖，和强迫的劳苦，
正如太阳做北极地狱的囚徒，
我的心将是红冷的一块顽物。

我战栗着听块块坠下的柴木；
筑刑架也没有更沉着的回响。
我心灵好似个堡垒，终于屈服，

受了沉重不倦的撞角的击撞。

为这单调的震撼所摇，我好像
什么地方有人匆忙把棺材钉……
给谁？——昨天是夏；今天秋已临降！
这神秘的声响好像催促登程。

二

我爱你长睛碧辉，温柔的美人，
可是我今朝觉得事事尽堪伤，
你的爱情和妆室，和炉火温存，
看来都不及海上辉煌的太阳。

然而爱我，温柔的心！做个慈母，
纵然是对刁儿，纵然是对逆子；
恋人或妹妹，请你做光耀的秋
或残阳的温柔，由它短暂如此。

短工作！坟墓在等；它贪心无厌！
啊！容我把我的头靠在你膝上，

怅惜着那酷热的白色的夏天，
去尝味那残秋的温柔的黄光。

　　　　　要是你曾相待

枭 鸟

上有黑水松做遮障，
枭鸟们并排地栖止，
好像是奇异的神祇，
红眼射光。它们默想。

它们站着一动不动
一直到忧郁的时光；
到时候，推开了斜阳，
黑暗将把江山一统。

它们的态度教智者
在世上应畏如蛇蝎：
那芸芸众生和活动；

对过影醉心的人类

永远地要受罚深重——

为了他曾想换地位。

音　乐

音乐时常飘我去，如在大海中！
向我苍白的星
在浓雾荫下或在浩漫的太空，
我扬帆望前进；

胸膛向前挺，又鼓起我的两肺，
好像张满布帆，
我攀登重波积浪的高高的背——
黑夜里分辨难。

我感到苦难的船的一切热情
在我心头震颤；
顺风，暴风和临着巨涡的时辰，

它起来的痉挛

摇抚我。——有时，波平有如大明镜，
照我绝望孤影！

　　　　　要是你曾相待

快乐的死者

在一片沃土中，那里满是蜗牛，
我要亲自动手掘一个深坑洞，
容我悠闲地摊开我的老骨头，
而睡在遗忘里，如鲨鱼在水中。

我恨那些遗嘱，又恨那些坟墓；
与其求世人把一滴眼泪抛洒，
我宁愿在生时邀请那些饥鸟
来啄我的贱体，让周身都流血。

虫豸啊！无耳目的黑色同伴人，
看自在快乐的死者来陪你们；
会享乐的哲学家，腐烂的儿子。

请毫不懊悔地穿过我臭皮囊，

向我说，对于这没灵魂的陈尸，

死在死者间，还有甚酷刑难当！

要是你曾相待

裂　钟

又苦又甜的是在冬天的夜里，
对着闪烁又冒烟的炉火融融，
听辽远的记忆慢腾腾地升起，
应着在雾中歌唱的和鸣的钟。

幸福的是那口大钟，嗓子洪亮，
它虽然年老，却矍铄而又遒劲，
虔信地把它宗教的呼声高放，
正如那在营帐下守夜的老兵。

我呢，灵魂开了裂，而当它烦闷
想把夜的寒气布满它的歌声，
它的嗓子就往往会低沉衰软，

像被遗忘的伤者的沉沉残喘——

他在血湖边，在大堆死尸下底，
一动也不动，在大努力中垂毙。

　要是你曾相待

烦　闷（一）

我记忆无尽，好像活了一千岁，

抽屉装得满鼓鼓的一口大柜——
内有清单，诗稿，情书，诉状，曲词，
和卷在收据里的沉重的发丝——
藏着秘密比我可怜的脑还少。

那是一个金字塔，一个大地窖，
收容的死者多得义冢都难比。
我是一片月亮所憎厌的墓地，
那里，有如憾恨，爬着长长的虫，
老是向我最亲密的死者猛攻。

我是旧妆室，充满了凋谢蔷薇，
一大堆过时的时装狼藉纷披，

只有悲哀的粉画，苍白的蒲遂
呼吸着开塞的香水瓶的香味。

当阴郁的不闻问的果实烦厌，
在雪岁沉重的六出飞花下面，
拉得像永恒不朽一般的模样，
什么都比不上跛脚的日子长。
从今后，活的物质啊，你只是
围在可怕的波浪中的花岗石，
瞌睡在笼雾的撒哈拉的深处；
是老斯芬克斯，浮世不加关注，
被遗忘在地图上——阴郁的心怀
只向着落日的光辉清歌一快！

烦　闷（二）

当沉重的低天像一个盖子般
压在困于长闷的呻吟的心上
当他围抱着天涯的整个周圈
向我们泻下比夜更愁的黑光；

当大地已变成了潮湿的土牢——
在那里，那"愿望"像一只蝙蝠般，
用它畏怯的翅去把墙壁打敲；
又用头撞着那朽腐的天花板；

当雨水铺排着它无尽的丝条
把一个大牢狱的铁栅来模仿，
当一大群沉默的丑蜘蛛来到
我们的脑子底里布它们的网，

那些大钟突然暴怒地跳起来,
向高天放出一片可怕的长嚎,
正如一些无家的飘零的灵怪,
开始顽强固执地呻吟而叫号。

——而长列的棺材,无鼓也无音乐,
慢慢地在我灵魂中游行;"希望"
屈服了,哭着:残酷专制的"苦恼"
把它的黑旗插在我垂头之上。

风　景

为要纯洁地写我的牧歌，我愿
躺在天旁边，像占星家们一般，
和那些钟楼为邻，梦沉沉谛听
它们为风飘去的庄严颂歌声。
两手托腮，在我最高的顶楼上，
我将看见那歌吟呓语的工场；
烟囱、钟楼，都会的这些桅樯，
和使人梦想永恒的无边昊苍。

温柔的是隔着那些雾霭望见
星星生自碧空，灯火生自窗间，
烟煤的江河高高地升到苍穹，
月亮倾泻出它的苍白的迷梦。
我将看见春天，夏天和秋天，
而当单调白雪的冬来到眼前，

我就要到处关上窗扉，关上门，
在黑暗中建筑我仙境的宫廷。

那时我将梦到微青色的天边，
花园，在纯白之中泣诉的喷泉，
亲吻，鸟儿（它们从早到晚地啼）
和田园诗所有最稚气的一切。
乱民徒然在我窗前兴波无休，
不会叫我从小桌抬起我的头；
因为我将要沉湮于逸乐狂欢，
可以随心任意地召唤回春天，
可以从我心头取出一片太阳，
又造成温雾，用我炙热的思想。

盲人们

看他们，我的灵魂；他们真丑陋！
像木头人儿一样，微茫地滑稽；
像梦游病人一样地可怕，奇异，
不知向何处瞪着无光的眼球。

他们的眼（神明的火花已全消）
好似望着远处似的，抬向着天；
人们永远不看见他们向地面
梦想般把他们沉重的头抬起。

他们这样地穿越无限的暗黑——
这永恒的寂静的兄弟。哦，都会！
当你在我们周遭笑，狂叫，唱歌，

竟至于残暴，尽在欢乐中沉醉，

你看我也征途仆仆，但更麻痹，

我说："这些盲人在天上找什么？"

我没有忘记

我没有忘记，离城市不多远近，
我们的白色家屋，虽小却恬静；
它石膏的果神和老旧的爱神
在小树丛里藏着她们的赤身；
还有那太阳，在傍晚，晶莹华艳，
在折断它的光芒的玻璃窗前，
仿佛在好奇的天上睁目不闪，
凝望着我们悠长静默的进膳，
把它巨蜡般美丽的反照广布
在朴素的台布和哔叽的帘幕。

赤心的女仆

那赤心的女仆，当年你妒忌她，
现在她睡眠在卑微的草地下，
我们也应该带几朵花去供奉。
死者，可怜的死者，都有大苦痛；
当十月这老树的伐枝人嘘吹
它的悲风，围绕着他们的墓碑，
他们一定觉得活人真没良心，
那么安睡着，暖暖地拥着棉衾，
他们却被黑暗的梦想所煎熬，
既没有共枕人，也没有闲说笑，
老骨头冰冻，给虫豸蛀到骨髓，
他们感觉冬天的雪在渗干水，
感觉世纪在消逝，又无友无家
去换挂在他们墓栏上的残花。

要是你曾相待

假如炉薪啸歌的时候，在晚间，
我看见她坐到圈椅上，很安闲，
假如在十二月的青色的寒宵，
我发现她蜷缩在房间的一角，
神情严肃，从她永恒的床出来，
用慈眼贪看着她长大的小孩；
看见她凹陷的眼睛坠泪滚滚，
我怎样来回答这虔诚的灵魂？

亚伯和该隐

一

亚伯的种，你吃，喝，睡；
上帝向你微笑亲切。

该隐的种，在污泥水
爬着，又可怜地绝灭。

亚伯的种，你的供牲
叫大天神闻到喜欢！

该隐的种，你的苦刑
可是永远没有尽完？

亚伯的种，你的播秧

和牲畜，瞧，都有丰收；

该隐的种，你的五脏
在号饥，像一只老狗。

亚伯的种，族长炉畔，
你袒开你的肚子烘；

该隐的种，你却寒战，
可怜的豺狼，在窟洞！

亚伯的种，恋爱，繁殖！
你的金子也生金子。

该隐的种，心怀燃炽，
这大胃口你得当心。

亚伯的种，臭虫一样，
你在那里滋生，吞刮！

该隐的种，在大路上

牵曳你途穷的一家。

二

亚伯的种，你的腐尸
会壅肥了你的良田！

该隐的种，你的大事
还没有充分做完全；

亚伯的种，看你多羞
铁剑却为白梃所败！

该隐的种，升到天宙，
把上帝扔到地上来！

穷人们的死亡

这是"死"，给人安慰，哎！使人生活
这是生之目的，这是唯一希望——
像琼浆一样，使我们沉醉，振作；
使我们有勇气一直走到晚上；

透过飞雪，凝霜，和那暴风雨，
这是我们黑天涯的颤颤光明；
这是记在簿录上的著名逆旅，
那里可以坐坐，吃吃，又睡一顿；

这是一位天使，在磁力的指间，
握着出神的梦之赐予和睡眠，
又替赤裸的穷人把床来重铺；

这是神祇的光荣，是神秘的仓。

是穷人的钱囊和他的老家乡,
是通到那陌生的天庭的廊庑!

入　定

乖一点，我的沉哀，你得更安静，
你吵着要黄昏，它来啦，你瞧瞧：
一片幽暗的大气笼罩住全城，
与此带来宁谧，与彼带来烦恼。

当那凡人们的卑贱庸俗之群，
受着无情刽子手"逸乐"的鞭打，
要到奴性的欢庆中采撷悔恨，
沉哀啊，伸手给我，朝这边来吧，

避开他们。你看那逝去的年光，
穿着过时衣衫，凭着天的画廊，
看那微笑的怅恨从水底浮露，

看睡在涵洞下的垂死的太阳，

我的爱，再听温柔的夜在走路，

就好像一条长殓布曳向东方。

要是你曾相待

声　音

我的摇篮靠着书库——这阴森森
巴贝尔塔，有小说，科学，词话，
一切，拉丁的灰烬和希腊的尘，
都混和着。我像对开本似高大。
两个声音对我说话。狡狯，肯定，
一个说："世界是一个糕，蜜蜜甜，
我可以（那时你的快乐就无尽）
使得你的胃口那么大，那么健。"
另一个说："来吧！到梦里来旅行，
超越过可能，超越过已知！"
于是它歌唱，像沙滩上的风声，
啼唤的幽灵，也不知从何而至，
声声都悦耳，却也使耳朵惊却。
我回答了你："是的！柔和的声音！"
从此后就来了，哎！那可以称做

我的伤和宿命。在浩漫的生存
布景后面，在深渊最黑暗所在，
我清楚地看见那些奇异世界，
于是，受了我出神的明眼的害，
我曳着一些蛇——它们咬我的鞋。
于是从那时候起，好像先知，
我那么多情地爱着沙漠和海；
我在哀悼中欢笑，欢庆中泪湿，
又在最苦的酒里找到美味来；
我惯常把事实当作虚谎玄空，
眼睛向着天，我坠落到窟窿里。
声音却安慰我说："保留你的梦：
哲人还没有狂人那样美丽！"

简述戴望舒的早期创作和翻译

（代后记）

陈　武

1

戴望舒的文学创作，始于他的中学时期。

1919 年五四运动那一年，戴望舒 14 岁，考入了杭州宗文中学。读书期间，戴望舒开始文学创作。创作的第一篇文学作品，是短篇小说《债》，写于中学第三年的 1922 年 8 月，发表于《半月》杂志第 1 卷第 23 期。《半月》杂志为半月刊，1921 年 9 月 16 日创刊于上海，先后由上海半月社和大东书局发行，周瘦鹃任该刊编辑。周瘦鹃是鸳鸯蝴蝶派作家，由他出任编辑，自然还是偏向于这一方向，即以才子佳人、男女私情、社会传奇等面向大众的文艺作品为主，每期以小说主打，亦有少量散文发表，是鸳鸯蝴蝶派的重要阵地，当时有名的鸳鸯蝴蝶派作家如包天笑、顾明道、李涵秋等，都在《半月》上发表小说。17岁的戴望舒第一篇小说即在《半月》上发表，给他的文学创作带来极大的信心。紧接着便在杭州出版的《妇女旬刊》上陆续发表《势之升长（理想派剧）》《波儿（续）》等文章。宗文中学是一所私立学校，受当时风气的影响，该校有不少年轻人热爱文学，比如张天翼、杜衡等，他俩只比戴望舒晚一届。就在戴望舒发表第一篇文学作品《债》的同一月里，戴望舒、张天翼、施蛰存、叶秋原、李伊凉、马天骙、杜衡七个热爱文学的青年，在杭州成立了兰社。年底，兰社成员在杭州飞来峰下的冷泉溪畔聚会并摄影留念。照片以《冷泉兰影》为题，分别写上了他们的笔名"梦鸥、涤源、寒壶、无诤、鹃魂、弋红、伊凉"发表于《星期》第42期上。《星期》也是鸳鸯蝴蝶派主将包天笑主编的一本综合性文学刊物。从此，这个规模不大的团体中的各位作者，以不同的姿态和面目出现在沪杭一带出版的各种报刊上，戴望舒的创作和翻译，也由此拉开了序幕。1922年10月，他的短篇小说《五百五十年间》发表在《妇女旬刊》第87期上，不久后的11月，另一篇短篇小说《虚声》又发表于该刊第 90 期上，12 月又在《半月》第 2 卷第 7 期上发表短篇小说《卖艺童子》，此外《红杂志》第 1 卷第 8 期和第 1 卷第 16 期上还发表了他的短文《滑稽问答》、两篇笑话《拍卖所中》和《死所》。《红杂志》也属于鸳鸯蝴蝶派，在 1924 年 8 月出版第 100 期时，改为《红玫瑰》，由严独鹤任名誉主编，主要作者除严独鹤外，还有赵苕狂、包天笑、郑逸梅、徐枕亚等人。1923 年 1 月，戴望舒又在《星期》第 45 期上发表短篇小说《母爱》。

年轻的戴望舒，其早期创作，很大程度上，受到了鸳鸯蝴蝶派的影响，不仅他发表作品的杂志是由鸳鸯蝴蝶派主将担任主编，就是其作品也具有鸳鸯蝴蝶派的特质。如《滑稽问答》，共由 15 则问和答组成，就具有插科打诨和消遣闲趣的特点，如"（问）世界最小之梁为何？（答）鼻梁。""（问）何物为士人所不需，且永不得有，然为女子所必欲得者？（答）夫。""（问）何物一度见之而后永不得见者？（答）昨日。""（问）何种账目为算不清者。（答）混账。"再如笑话《死所》，是一个胆小的人和一个水手的交谈，胆小的人问水手的父亲死在哪里，水手回答死在海里，又问其祖父死在哪里，也是死在海里。胆小的人就很纳闷，既然这样，你为什么还要做水手呢？意思是不怕死在海里吗？水手又问胆小的人父亲和祖父死在哪里。胆小的人都说是死在床上，水手最后说，如此你天天为啥还要到床上去睡觉？戴望舒早期的小说，同样也具有鸳鸯蝴蝶派小说的影子，如《债》《卖艺童子》《母爱》等。

2

1923 年 1 月，对于戴望舒来说极其重要，还是一名中学生（四年级）的他，就和兰社同仁创办了杂志《兰友》旬刊，并担任主编，社址和编辑部就设在他的家中，即大塔儿巷 28 号。该旬刊为报纸型，横向八开，每期出 4 至 8 页不等，每旬逢 1 出刊，以刊登旧体诗词和小说为主，也有短论和杂文。这也是戴望舒走上编辑生涯的起点。在他中学的最后一学期中，他的主要精力都用在了办《兰友》旬刊和文学创作上。这年的 2 月，他在《兰友》第 5 期上发表了短论《说侦探小说》。在 3 月出版的《兰友》第 7 期上，又发表短篇小说《牺牲》，第 8 期上发表散文《回忆》。在 5 月里，他在《兰友》第 12 期上发表短篇小说《国破后》，13 期又发表短篇小说《跳舞场中》。在 6 月和 7 月里，继续在《兰友》发表作品，短文《文坛消息》和《描写之练习（一）》就发表于这一时期。《兰友》旬刊到 1923 年 7 月 1 日第 17 期停刊，主要原因是，18 岁的戴望舒中学毕业后，和施蛰存一起进入上海大学读书，无暇编辑旬刊。随着《兰友》的停办，兰社社友雄心勃勃的另一个计划"兰社丛书"八种也随之未能出版，这八种图书，除了戴望舒的《心弦集》外，还有施蛰存的《红禅集》、张天翼的《红叶别墅》、李伊凉的剧本《苎萝村》等。

虽然文学的初心和出版事业因为学业等原因暂时处于停顿状态，但补充知识、蓄势待发也是成功道路上必然要经历的。即便如此，中学时期的文学创作，成立"兰社"的文学活动和编辑出版《兰友》的办刊实践，都为戴望舒后来的成功助了力，施蛰存曾写过一首诗，记录了他和戴望舒这一时期的友谊："湖上忽逢大小戴，襟怀磊落笔纵横。叶张墨阵堪换鹅，同缔芝兰文字盟。"即由文字结盟，成为终身好友。

3

戴望舒和施蛰存入学的上海大学，校长由大名鼎鼎的于右任担任，总务长由邓中夏担任。上海大学当时的教员还有陈望道、张太雷、恽代英、施成统、沈雁冰（茅盾）、田汉、刘大白、俞平伯、邵力子等进步开明人士，戴望舒所入的中文系，主任正是陈望道。而上述这些文化人都曾是戴望舒的任课老师。他的同学中还有丁玲、孔另境等人，并经常一起到沈雁冰家求教文学问题。

戴望舒在上海大学读了两年书，文学创作基本处于停顿状态，但是文学修养和思想却相应成熟了很多，视野也得到了开阔。1925年5月31日，上海爆发了"五卅"惨案，上海大学学生上街游行，声援工人群众，戴望舒也在学生游行队伍中。到了6月4日，上海大学被查封，戴望舒等人失学。这年秋，戴望舒入法国人办的上海震旦大学法文特别班读书，同学中有刘呐鸥（原名刘灿波），他是中国台湾台南县人，家境富裕，租住在霞飞路上的一幢楼房里，戴望舒和施蛰存常去看他，探讨文学创作，并结下了深厚的友谊。在震旦大学读书期间，戴望舒阅读了大量的法文文学作品，尤其喜欢波特莱尔、魏尔伦等象征派诗人的诗歌。施蛰存在《戴望舒译诗集》（湖南人民出版社1983年版）的序中写道："望舒在神父的课堂里读拉马丁、缪塞，在枕头底下却埋藏着魏尔伦和波特莱尔。"1926年3月，戴望舒与施蛰存、杜衡创办的《璎珞》杂志正式出刊，第一期即有戴望舒的散文《夜莺》和新诗《凝泪出门》，另有翻译的魏尔伦的诗歌《瓦上长天》。在第二期上，发表新诗《流浪人的夜歌》。在第三期上，发表新诗《可知》和魏尔伦译诗《泪珠飘落萦心曲》。1926年夏，戴望舒从震旦大学特别班毕业以后，因家庭经济无法承担学费而无力赴法。于是戴望舒就找到在大同大学读三年级的施蛰存和在五年制南洋中学毕业的杜衡商量一个计划，即施蛰存和杜衡到震旦大学法文特别班读一年书，戴望舒升入震旦大学法科一年级，一年后，三人同时赴法。这样，经济上和学业上就能互相照应了。但是，到了1927年4月，因戴望舒、施蛰存、杜衡在校期间参加进步活动，加上血腥的"四一二"事件，三人商量后，决定各自回家暂避，戴望舒和杜衡回到了杭州，施蛰存回到了松江。1927年9月6日，上海《申报》刊登《清党委员会宣布共产党名单》，内称"震旦大学有CY嫌疑者施安华、戴克崇、戴朝寀。"施安华是施蛰存的笔名，戴克崇是杜衡的本名，戴朝寀是戴望舒的本名，由于当时入学时，施蛰存注册用的是笔名，而戴望舒和杜衡用的是本名，致使戴望舒和杜衡在杭州遭遇了告密，二人便逃到松江的施蛰存家躲避，住在施家一间小厢楼上。在接下来不长的时间内，三人反而有了更多的时间从事文学交流、创作和翻译，施家的小厢楼便被戏称为"文学工场"。

1927 年 12 月，戴望舒创作的新诗《诗三首》，发表于《莽原》第 2 卷第 21 期上，三首诗分别是《十四行》《不要这样盈盈地相看》《回了心儿吧》。

4

戴望舒的翻译、创作及编辑工作几乎是同步进行的。他的第一篇翻译作品《贪人之梦》发表于 1922 年 10 月出版的《妇女旬刊》第 85 期上，原作者为 Oliver Goldsmith，另一篇译作《误会》也发表于该刊。此后，戴望舒便和文学翻译结下了不解之缘。如果从编辑（出版）、创作、翻译三方面来比较，无疑，他的文学翻译成就最大。1923 年 3 月，戴望舒翻译的小说《等腰三角形》，载《兰友》旬刊第 6 期。5 月翻译的长篇冒险小说《珊瑚岛》也连载于《兰友》旬刊。

如果说戴望舒的前期翻译还只是牛刀小试的话，住在施蛰存家小厢楼上的"文学工场"时期，算是真正的大显身手。初到施家时，"读书闲谈之外，大部分时间用于翻译外国文学"（施蛰存《最后一个老朋友——冯雪峰》），在短时间内，戴望舒就翻译了法国作家夏多布里昂的《少女之誓》《阿达拉》《勒内》。戴望舒、施蛰存、杜衡三位青年还制定了种种创作、翻译、出版计划，沉浸在笔耕及畅想的快乐中。1927 年 9 月底，戴望舒和刘呐鸥去了一趟北京，想在北京继续谋求学业，但情形并不理想，却认识了冯至、魏金枝、沈从文、冯雪峰等青年作家，还在上海大学同学丁玲那里见到了胡也频。戴望舒于这年 12 月底回到上海，继续在施蛰存家小厢楼的"文学工场"里和朋友们聊文学理想并从事写作和翻译，1928 年初，冯雪峰也从北京来到上海，加入"文学工场"。"文学工场"有了新鲜力量，开始有计划地从事翻译工作，戴望舒和冯雪峰选译了一部《新俄诗选》，还分头翻译了《俄罗斯短篇杰作集》（第一集、第二集），戴望舒和杜衡合译了英国 19 世纪的颓废诗人陶孙的诗集。在 1928 年 9 月，为了更快更多地发表他们的翻译和创作作品，刘呐鸥和戴望舒、施蛰存等人创办了《无轨列车》杂志，在刊登的广告中，明确的办刊方向是刊登"欧美日本各国现代的名著"，第一期发表的翻译作品是描写俄国革命的《大都会》，此后还陆续发表戴望舒的翻译作品，如《懒惰病》《新朋友们》《我有些小小的青花》等。但是好景不长，刊物很快就被查封。他们又办起了水沫书店。在 1929 和 1930 年短短的两年中，水沫书店除出版创作图书外，还出版了多部翻译作品集，其中就有戴望舒的《爱经》《唯物史观的文学论》等。戴望舒还在开明书店出版了翻译童话《鹅妈妈的故事》《天女玉丽》，在上海光华书局出版《屋卡珊和尼各莱特》。和徐霞村合译的西班牙作家阿左林的散文集《西万提斯的未婚妻》由上海神州国光行社出版。莎士比亚剧本《麦克倍斯》，由上海金马书店出版。除这些翻译作品集外，戴望舒还在许多杂志上发表翻译作品，如在《新文艺》上发表了高莱特的小说《紫恋》和阿左林的散文《修车人》等。一时间，戴望舒的翻译之名盖过了他的创作之名。

5

在从事大量的文学翻译时，戴望舒依然坚持文学创作，特别是在新诗方面。

1928 年夏天，戴望舒的新诗创作迎来爆发，写出了一批代表作，在 8 月 10 日出版的《小说月报》第 19 卷第 8 期上发表了著名的《雨巷》，同时发表的，还有《残花的泪》《静夜》《自家伤感》《夕阳下》和 Fragments。特别是《雨巷》，影响甚大，在青年人中传为美谈，连著名作家叶圣陶都称赞他是"替新诗底音节开了一个新纪元"。因为在当时，五四时期涌现出来的大批诗人，对于新诗的发展抱有失望的情绪，有的甚至搁笔，包括朱自清、俞平伯等实力派诗人，有的忙于新诗格律化的试验，所以，戴望舒的《雨巷》有点"横空出世"之感，因此他也被冠以"雨巷诗人"的名号。这首诗还隐藏了诗人一段凄美而遗憾的爱情，起因要从1927年9月说起，戴望舒因逃避国民党当局的抓捕，暂时居住在松江的施蛰存家。据《施蛰存先生编年事录》（沈建中编撰）记载，施蛰存共有四个妹妹，大妹施绛年，二妹施咏沂，三妹施灿衢，四妹施企襄。戴望舒和施蛰存是最要好的朋友，吃住在施家，必定熟悉施家的所有成员，年仅22岁的戴望舒，萌生了对施家大小姐施绛年的暗恋之情。在戴望舒失学之后的1928年春夏，长达半年多的时间里，戴望舒因为写作和筹办杂志，从上海多次来到松江的施蛰存家，在曾暂住过的那间小厢楼上从事文学活动，施蛰存曾有诗记之："小阁忽成捕逃薮，蛰居浑与世相忘。笔耕墨染亦劳务，从今文学有工场。"戴望舒在数次往返中，不止一次地和施绛年邂逅于那条通往施家的古老小巷，也多次看过施绛年打着油纸伞的背影，于是，一首《雨巷》就从心中涌向笔端。《雨巷》之后，还有《我底记忆》《烦忧》《少女》等伤感的诗，无不袒露了戴望舒对施绛年的一片爱恋之情，特别是在1929年4月出版的诗集《我底记忆》（水沫书店出版），已经公开向施绛年示爱，在该诗集扉页上标有法语"A Jeann"字样，"A"是"致"的意思，"Jeann"是法国女孩的名字，读音和"绛年"相近，意为该诗集是"致绛年"的。据说，施绛年对于戴望舒的示爱一直无动于衷。苦闷中的戴望舒动了自杀的念头。但他的追求却得到施蛰存的支持。于是，在1931年的某天，戴望舒一手拿着安眠药，一手拿着求婚戒指向施绛年求婚，所幸（也许是不幸）这次求婚成功了。1931年10月1日出版的《新时代》上，有一篇《戴望舒与施蛰存之妹订婚》的文章，披露了这一信息。至此，戴望舒长达数年的追求总算有了结果。但是，追求现实主义的施绛年却给戴望舒出了一道难题，或是"缓兵之计"也未可知——她要求戴望舒赴法国留学，学成后完婚。就在戴望舒1932年10月远赴法国留学不久，施绛年已心有所属，爱上了邮政储金汇业局的同事周知礼。关于周知礼，据相关资料，他是江苏常熟人，1924年考入复旦大学商科，曾在邮政储金汇业局工作，和施绛年是同事，后又在上海北极冰箱公司工作。据1929年6月30日出版的《今代妇女》第9期发表的郑国懿和周知礼的结婚照片的说明文字显示，周知礼早就是已婚人士，照片说明曰："郑女士为复旦大学预科毕业。周君系复旦大学商业学士。此次结合，实为复旦大学男女同学第一次之成绩也。"另据1935年《复旦同学会会刊》消息，二人已经"儿女成群也"。也就是说，当时施绛年爱上了一个有妇之夫。所以，在戴望舒留法期间和施绛年的通信中，戴望舒已经感受到施绛年的日渐冷淡，并从施蛰存的信中知道一切。情感受到重创的戴望舒，学业也受到了影响，1935年春，他被里昂中法大学开除。戴望舒只能于3月乘船回国，4月到达上海。这次法国求学之旅，爱情没有结出果实，学业也无所成。回国不久，在苦求无果的情况下，戴望舒和施绛年解除婚约。近八年的爱情以这样让人唏嘘的方式结束了，空留《雨巷》在人间。

再说1928年夏，戴望舒与施蛰存、冯雪峰、杜衡等志同道合的朋友决定创办《文学工场》杂志，并且已经编好了第1期和第2期。但是在出版印行方面，却遇到了阻力，光华书局老板认为该杂志内容"太左"，不敢印行，《文学工场》就此夭折。这年的9月，刘呐鸥在上海的四川北路和西宝兴路口创办第一线书店，编辑印行刊物《无轨列车》，邀请戴望舒和施蛰存参加，戴望舒在该刊先后发表了《路上的小语》《夜是》《断指》《对于天的怀乡病》等新诗。1929年9月，与施蛰存、刘呐鸥编辑《新文艺》文学月刊，至1930年4月出到第8期时被禁停刊。这一期间，戴望舒的一些新诗如《到我这里来》《祭日》《流水》《我们的小母亲》等和译诗及翻译小说都发表在《新文艺》上。1930年3月，经冯雪峰介绍，戴望舒和杜衡参加"左联"成立大会，成为"左联"第一批成员。1931年秋和施绛年订婚后，创作的新诗《村姑》《三顶礼》《二月》《我的恋人》《款步》《小病》等以《诗六首》的形式发表于《小说月报》第22卷第10号上。《北斗》杂志在同一月出版的第1卷第2期上也发表了戴望舒的新诗《昨晚》和《野宴》。1932年1月，淞沪战争爆发，施蛰存回松江中学任教，戴望舒回到杭州筹划出国事宜。到了这年的5月，施蛰存主编的文艺月刊《现代》在上海创刊，戴望舒回到上海，参与杂志的编辑，至这年10月赴法留学时止，戴望舒在《现代》杂志上发表的新诗有《过时》《印象》《前夜》《有赠》《游子谣》《夜行者》《微辞》等，多达十几首。

6

1932年10月8日，27岁的戴望舒因为要圆爱情梦而赴法求学，这是他人生的转折点，也是他创作的转折点。在法期间，除了上课，主要经历就是从事翻译工作。翻译的苏联作家伊万诺夫的长篇小说《铁甲车》由上海现代书局出版；翻译的《法兰西现代短篇集》由上海天马书店出版，该书收法国12位作家的12部短篇小说。此外，戴望舒还在1933年8月编辑出版了他的第二本新诗集《望舒草》，由杜衡作序，列入"现代创作丛书"，由上海现代书局出版，收新诗41首和《诗论零札》17条。1935年春，戴望舒从法国回国后，在上海继续从事出版、翻译和创作。抗日战争期间，上海沦陷，戴望舒举家前往香港，在香港多家报社从事编辑工作并翻译、创作文学作品。抗日战争胜利后，一度回到上海，在多所高校从事教学工作，后因遭人陷害，于1948年再次去香港。中华人民共和国成立前夕，戴望舒来到北京，先在华北军政大学第三部工作，后调入新闻总署，参加国际新闻局筹备工作，并担任法文科主任。1949年11月，因哮喘病恶化，入协和医院治疗。1950年2月28日，在两次手术后自己要求回家治疗，于当天因自注麻黄素时突发心脏病而去世，年仅45岁。

广陵书社出版的这套"走近戴望舒"文丛共分四册，《高龙芭》是翻译小说集，内收梅里美、都德、伊巴涅思等名家的中短篇小说；《要是你曾相待》是翻译诗歌，收果尔蒙、道生、洛尔迦、波特莱尔等诗人的诗歌；《夜莺》是散文集，收《夜莺》《巴黎的书摊》《都德的一个故居》《香港的旧书市》《航海日记》等散文；《雨巷》是诗集，收《雨巷》《夜坐》《生涯》《单恋者》等新诗。这些作品，基本上代表了戴望舒在翻译和创作上的主要成就。2025 年是戴望舒诞辰 120 周年，也是他逝世 75 周年。我们出版这套丛书，一方面是纪念这位在翻译和新诗创作方面有突出成就的著名作家，另一方面也是让广大读者重新认识他的翻译和创作。

2024 年 10 月 20 日于北京像素